纽伯瑞文学奖银奖获奖作品

曹文轩 主编

The Animal Family

动物之家

[美] 兰德尔·贾雷尔 / 著
李旻 / 译

南方出版社·海口

图书在版编目（CIP）数据

动物之家 / （美）贾雷尔（Jarrell,R.）著 ； 李旻译.
— 海口：南方出版社，2016.6（2021.7重印）
书名原文:The Animal Family
ISBN 978-7-5501-3115-6

Ⅰ. ①动… Ⅱ. ①贾… ②李… Ⅲ. ①儿童文学 – 中篇小说 – 美国 – 现代 Ⅳ. ①I712.84

中国版本图书馆CIP数据核字（2016）第104041号

dòng wù zhī jiā
动物之家

[美] 兰德尔·贾雷尔（Randall Jarrell）/著　李旻/译

责任编辑： 文静
责任校对： 王田芳
出版发行： 南方出版社
地　　址： 海南省海口市和平大道70号
电　　话：（0898）66160822
经　　销： 全国新华书店
印　　刷： 三河市北燕印装有限公司
开　　本： 880mm×1230mm　1/32
字　　数： 30千字
印　　张： 4.25
版　　次： 2021年7月第1版第4次印刷
书　　号： ISBN 978-7-5501-3115-6
定　　价： 20.00元

新浪官方微博：http://weibo.com/digitaltimes

时间留给孩子的礼物

悠悠百年如白驹过隙，我们无法逐一领略期间的沧海桑田、人事更迭，然而百年间的文化和精神却通过文字流传了下来。

这世上或许有很多时间没能解决的问题，但不是那么万能的时间还是竭尽全力把自己所有的沉淀浓缩为一份悠长而厚重的礼物送给孩子们。

这份礼物向全天下的孩子们展现了一个神奇的世界，里面有旖旎的自然、壮丽的史诗、宇宙洪荒、星辰山川、花草鸟兽、虫蚁尘埃、动人的成长之旅、精彩的冒险故事……孩子们没来得及到达的地方，在这份礼物里都能到达。

也许这份礼物不能如火把般照亮我们前行的道路，但它可以如萤火虫般给我们带来些许温暖和光亮；也许这份礼物不能让我们变成英勇无畏的箭镞穿越暗黑的时间隧道，但它会给我们一个温情的微笑，告诉我们，“别忘了看看周围的风景”。

百年国际大奖小说——时间留给孩子们的礼物，带着梦想，带着勇气，带着希望，带着友谊，带着纯真，带着绵绵的爱，向孩子们姗姗走来……

时间流逝，不会复回，可是时间留给我们的礼物却可以不受时间的限制，永远熠熠生辉。

我们带着时间的礼物而来，将会和孩子们一起，在这一系列书的世界里，为那些蓬勃的雄心、不息的激情、前行的勇气、生存的感动而欢呼！

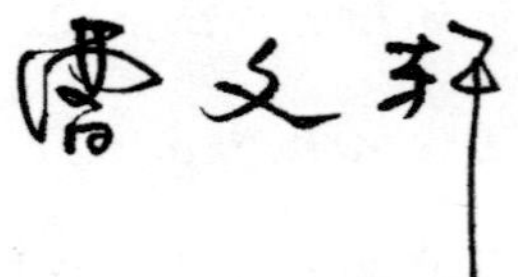

这样的事不会经常发生，
但它们的确会发生。

目　录

第一章

猎人

很久很久以前，在大森林向海洋延伸的交界处，居住着一位猎人。他砍来木材，劈开石块，搭了一座房子。这座房子只有一间屋，靠近大海的那头有个壁炉，炉身是由粉色、灰色和绿色的大圆石拼成的，这些石头是猎人从森林尽头的悬崖上抱回来的。地面铺着压碎的贝壳，上面铺着鹿皮和海豹皮，床上有一张巨大的黑熊皮。房间的墙壁上挂着猎人的弓和箭。

猎人身材魁梧，皮肤黝黑，有着淡黄色的头发和胡须。他身上穿着长裤和汗衫；外面披着银灰色斗篷，那是用一只美洲狮的皮做成的；脚上是一双鹿皮鞋；雨雪天他还会戴上海獭皮做的帽子。壁炉上方挂着一只巨大的黄铜号角，这是海浪从沉船里卷上岸的，猎人正好发现了它。他把一些原木和做椅子的木板雕成了狐狸、海豹、猞猁和美洲狮的模样，挂在墙上。每到夜晚，他就坐在这些木雕边上。跳动着的红色炉火映着木雕，房间一半笼罩在金色的火光中，一半掩藏在阴影里。由木头雕刻成的野兽好像在咆哮、在嘶吼，响声巨大，淹没了远处的浪涛声。

当木柴烧得只剩灰烬，化为木炭的时候，猎人就躺到床上，钻进熊皮取暖。他听着海浪巨大而温柔的声音，一遍又一遍，就好像在听母亲唱歌。猎人渐渐睡着了。睡梦中，他仿佛不是自己一个人孤零零地住在这里，仿佛他的父母还没有去世——母亲坐在床边唱歌，父亲坐在壁炉前给弓弦打蜡，修整他那些长长的白箭。

春天来临时，草甸从悬崖一直蔓延到海滩，上面布满了白色和海蓝色的小花。猎人望着这些小花，它们真美丽。但是回到家时，没有人可以分享他看到的美丽风景。就算他采了鲜花回家，也没有可赠送的人。傍晚时分，太阳滑过远方深蓝色的海岛，一片红色的世界渐渐消失在大海的尽头。猎人凝望着这一切，也没有人分享他看见的夕阳。

一个冬天的夜晚，猎人正望着窗外寒光四射的猎户星座，一颗闪着幽幽绿光的巨大流星倾斜着慢慢划过天际。猎人的心颤了一下，他叫道：“快看哪！看啊！”但是除了他，没有其他人在看。

一个夏天的夜晚，当他躺在床上的时候，温柔的清风穿过房门，吹进屋子。月光透过窗户，洒在地面上，

像张白熊皮。这时猎人思考着。不一会儿功夫，思绪变成了梦境。梦里，妈妈在给他唱歌。但是，突然间，他惊醒了。可睁开双眼，他还是能听见有人在唱歌。他爬起来，走下床，穿过草甸来到海边。潮水涌动着，他走过温暖的沙滩。温柔的波浪挠着他的双脚，又渐渐退去，好像藏在冒着泡泡的扇贝里，低声耳语。扇贝小而多，像鱼鳞似的。

远处，海豹栖息的岩石上，有个东西在岩石的阴影里唱歌。歌声柔美，像一个女子的声音。歌曲听起来不同寻常，他以前从没听过，而且，他一句歌词也听不懂。他听了很久。后来歌声停了，停在一个低长的调子上。一切回归了寂静。除了大海，它那浅浅的银色波浪细细诉说着，沉默了一下，又突然说“嘘”！

猎人喊道：“是谁在唱歌？”这时，他听见岩石阴影处一阵急促的攀爬声，接着有什么东西潜入了水中，这声音好似海豹跳入水里的声音。猎人用手遮着眼睛上方，眺望环绕着岩石的波光粼粼的水面，但是那里什么

也没有。现在什么也听不见了。过了一会儿，他回家了。

第二天晚上，他又听见了歌声，便去海边，欣赏了一首新歌，直到歌声结束。这一次，他温柔地向歌者打招呼，她像昨天一样潜入了水中。但这一次，猎人望向岩石周围的水面时，看见了一个光滑的脑袋露出水面，闪亮的双眼望向他，然后缩回水中，消失不见了。他从没见过这样的生物。她的长发和皮肤都呈蓝绿色，闪烁着银光，是月光照进海水的颜色。猎人踏过沙滩、穿过草地，往家走的时候，一遍又一遍地哼着美人鱼最后唱的曲调。

接下来的一整天，不管做什么事，猎人都哼着这曲子。有时候突然忘记了，他就会害怕再也想不起来了。不过，一会儿他总能想起来。

那一晚，月亮升起时，猎人又到海滩去，坐在海边，唱起了歌。他一首接一首地唱着，把他会唱的歌唱了个遍，接着开始唱他能记得的美人鱼唱过的歌。他边唱边目不转睛地眺望着那片岩石，可是什么也没有。但是过

了一会儿，他看见第一道银色波浪前头露出了一个湿漉漉的脑袋。

慢慢地，为了不吓到她，猎人扭过头来，不看她。他继续唱歌。当快要唱完一曲时，他微微转过头去，又转过去一点，直到眼角余光可以看到她越来越近——月光在她头发上闪烁，在她双肩的曲线上闪烁。透过眼角斜望着她，猎人唱起了她的歌。但就快要结束时，他突然停在一个音节上不唱了。这时四下寂静。他听见了温柔的笑声，美人鱼接着他唱的，唱完了那首歌最后的部分。他还没来得及说话或移动，她已经离开了——头和肩膀滑进水中，那么平静。刚刚她还在那里，一下子就不见了，一点声响都没有，几乎没有水波。

猎人独自和林中的动物生活了很久很久，他变得跟动物一样有耐心。

他等了很久，最终还是回家了。她的离开并没让猎人感到失望，他确信她还会回来。他不停地回想着她的笑声和那最后的曲调。快要进入梦乡时，他实在分不清是脑海里在回味，还是真的又听到她的歌声了。不过他十分确信她会回来的——他很快睡着了，不再思考，也不再做梦，但是嘴角挂着笑容。

接下来，一晚、两晚、三晚、四晚，她都出现了。现在她越靠越近，坐在浅水里，水位不及她的腰，她和猎人说话，声音像流水一样。猎人觉得她的声音和流水没什么区别，她的词语和猎人的词语完全不一样。

他们开始教对方讲自己的语言。美人鱼会摸着头，用她的语言一遍一遍地教猎人“头”的读音，直到他记住为止。猎人会拍拍自己的腿，说：“腿！腿！”美人鱼很惊讶地看着，好像有腿或有个词形容腿是特别奇怪的事。她一遍又一遍地用她流水般的声音练习。

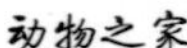

但是她学起猎人的语言可比猎人学她的要好多了，她记住猎人的词语也比猎人记住她的快多了。不多时，就只需要猎人学美人鱼的语言了。

猎人学得很蹩脚，听起来可怜巴巴的，感觉像学得太晚，没法长进了。但美人鱼说，她学说话就像一位年迈的魔术师学一个新花招，这对她来说太容易了，简直都不需要学。猎人困惑地对她说："你从来不犯错。"

"什么是错？"

"弄错的词语——发错的读音，就是你不是有意要那么念。比如我这样。错误就是我学你说话的时候常常犯的。"

美人鱼满意地学着这个词："犯错。"她又学了一个词语。

她告诉猎人，她的同胞以前也会到海豹岩那里去，但他们不再去了，因为猎人每天晚上都到海滩去。她说："大海——"然后停了下来，好像找不到下面的词语来表达。接着，她又说："你是人，两个人叫什么？

三个人呢？”

“人们。”

“海里的人们，像我——”

“海洋民族。”

“海洋民——族，像我们这样的，都害怕陆地。但我不怕。哦，除了我！他们觉得我——”说到这，她犹豫了一下，然后得意扬扬地说：“犯错了。犯了严重的错。他们说，所有好东西都在海里。”她边说，边乐呵呵地略带嘲笑地拍打着海水。

“你为什么不那么想？”

美人鱼马上告诉了他原因，可是用的是她的语言，而不是猎人的。猎人笑了，她也笑了，皱了皱鼻子和眉头，寻找着适当的词语，但就是想不到。于是她最后说：“哦，好吧！”每当她不知该说什么或该如何表达时，她都会快乐地欢呼着：“哦，好吧！”猎人记不起什么时候教她说的“哦，好吧”，但她确实学会了。

但第二夜她便知道怎么回答了。首先，她说道：“陆

地是新的。”猎人一脸困惑。她轻快地接着说：“他们说一切好东西都从海里来。但是陆地是全新的世界。陆地是——”说到这，她用了她自己的语言，然后急切地问：“你有腿，而我没有。月亮是白色的，天空是黑的。这个怎么说？”

“不一样？”

“不一样！不一样！陆地和海洋不一样。”

“有时陆地特别‘不一样’……”美人鱼几秒钟就学会了一个词语，可是猎人花半个钟头解释词语的意思，她还是不明白它的意思。一天，美人鱼在白天来到了沙滩。这时，猎人指着草甸远处，然后一字一顿清楚地说道：“那里是我的‘房子’。”

“房子，”美人鱼嗓子里发出嘶嘶的声音，“房子。”

“我在‘房子’里睡觉，在‘床上’。我在‘房子’里吃东西，在‘桌子’上。”

“床，”美人鱼说，“桌子。”但她快速闪动的眼睛透出紧张和犹豫，显然她完全不知道猎人在说什么。

猎人欢快地说："一张桌子有一个大平板和几条腿——"美人鱼立马眼睛一亮：她知道腿是什么意思，所以很自然就感觉明白桌子是什么意思——"你在上面吃东西。"

"为什么你要到那上面去吃东西？"

"哦，不，不需要上去，只需要把你要吃的东西摆上去。"

"为什么？"

"嗯，不然你就得把食物抓在手里。"

"你不想把它抓在手里？"

猎人接着说："桌子旁边是一张床。它是一个又大又平的东西——"

"哦，是的，像一张桌子。"

"呃，严格地说它也不太像桌子。它是木头做的，像那边那块原木，上面铺着熊皮，然后你睡在里面。"

美人鱼望过去，看到那块大原木中间是空的。"你给原木盖上兽皮，然后钻进去睡觉。啊，"美人鱼说，"我

明白床是什么了。”

她接着说：“床和桌子都在房子里。房子又大又空，像床一样。”

“不，床不是空的。”

“那我就不明白床了。”

“咱们会去房子里看看床的。房子是个用木头做的大家伙——看它多大啊——晚上或下雨的时候你待在里面。”

“为什么？”

“为了防止被雨淋湿。”

“防止淋‘湿’？”美人鱼感到失望地说。

突然，猎人有了个主意。“它就像只船。”他喊道，“比起随便睡在哪里，这样不是很好吗？每天晚上你都可以游到珊瑚旁的沉船里睡觉？下雨的时候也可以待在里面。”

美人鱼十分惊讶，温柔地说道：“这是我一生中听到的最奇怪的事。你是——你犯了个错。你必然是犯

错了。”

但不论猎人做些什么或说些什么关于陆地的事，对美人鱼来说都充满了魅力。她很喜欢猎人教她射箭。她会用手抚摸深色的弓和带有白色羽毛的箭。他的箭射进沙滩另一边的一块浮木里。美人鱼一边使劲儿拉弓，一边钦佩地说：“我觉得你能够捕杀任何东西。”

一天，猎人正坐着钓鱼，美人鱼游了过来，既欢喜又困惑，她喜欢学习新事物：“你在干什么？”

“钓鱼。”

美人鱼看起来更困惑了。于是猎人用几句话解释了他在做的事。她看着他，似乎难以置信，然后突然大笑起来。

“你笑什么？”猎人问。

“这——这真是个‘兜圈子’的钓鱼方法。”

“你想让我做些什么——追着鱼游泳，然后用嘴抓它们？”

“你是我知道的唯一一个不那样抓鱼的！你看起来

好无助，就坐在这里等着鱼来。告诉我你想要哪种鱼，我抓给你。”

有一小会儿，猎人感觉像是被一个小孩子给羞辱了。不过他还是大笑着告诉美人鱼他想要哪种鱼，美人鱼便帮他抓来了。第二天猎人给她拿了些鹿肉，她咬了一口就吐掉了。不过接下来的一天，猎人给她带来一束火红的枫叶。美人鱼盯着枫叶，似乎难以置信。她手捧枫叶，轻轻抚摸着，含情脉脉地对猎人说：“这是我一生中见过的最美好的东西。哦，你住在陆地上真幸运！陆地真——真——”

这些天以来，她头一回话到嘴边，但想不起来要说的那个词，于是像之前经常那样说：“哦，好吧！”

现在，美人鱼和猎人大部分时间都在一起度过。猎人的房子看起来比较凌乱，不像常有人居住。他会按部就班地打猎，寻找接下来一两餐的食物。美人鱼已经习惯待在岸边的草甸了。

秋天来临了，他们俩时常会坐在深棕色的草丛

里，向外远眺，视线越过海豹岩，望向海岛。这时美人鱼会骄傲地说："我已经离大海有一百五十步远啦。一百五十步你的步子哦！"

"你觉得你的同胞们当中，会有上岸离大海这么远的吗？"

"他们？哦，不会！如果他们现在看到我，会说——"她笑了，又用她的老话——"你可犯了大错！哦，你可犯了大错！"

到底错没错，美人鱼已经做了选择：那个秋天，她进了猎人的房子，房子里有桌子和床。从那时候起，海洋民族只把她当成是一个从陆地来的访客，他们对陆地一无所知。

美人鱼

美人鱼和猎人在一起生活了一段时间，猎人忘记了自己曾经独自居住。每天晚上美人鱼睡在他身边，但是在熊皮的外面，而不是里面——她习惯了冰冷的海水。而且床上的熊皮，甚至地上的鹿皮和海豹皮也不如海水柔滑，她曾经在那里醒来或睡去。她会抚摸最柔软的兽皮，然后皱皱鼻子说："真粗糙。"但最关键的是，比起岩石，她更想要床。"它只是静静地待着。"美人鱼失望地说。猎人给她做了一把摇椅，像是一张矮腿桌子，底下装了滑动杆。美人鱼常常坐在摇椅上面前后摇摆，

眼睛盯着燃烧的火焰。

她喜欢火。第一次见到火的时候，她叫道："哦！哦！"然后跑到火炉边，准备捡一块红通通的木炭。猎人赶紧跑过去，把她拉到一边，但她不明白为什么。他必须把她的手靠近火焰，火几乎要烧到她时，她才明白怎么回事。她把手指伸进嘴里，舔了舔，又拿出来困惑地看着它们。她说："我不知道世上还有那样的东西……哦，不，是有的！我摸了一只海鳗，一只奇怪的家伙，感觉和刚刚一样。"

她指了指那块木炭，大笑道："我以为是只红贝壳，以为是我见过的最漂亮的一只红贝壳。我还想把它挂在墙上呢。"海里的植物大部分是棕色和绿色的，颜色较鲜亮的东西通常是贝壳和鱼。看到什么好看的，她都会赞美道："它像只贝壳。"上岸后的第一个清晨，她望向草甸时看到了春天的花朵，激动地喊道："看哪，看啊！草地上到处都是贝壳。"她喜欢花，当听到小鸟在初春歌唱时，她会说它们的歌声像花一样。"海鸥不会唱歌，

它们只是尖叫。”有一天晚上，猎人告诉她外面的噪声是狐狸在叫。

“有一次我正往海滩游时，听到森林里的鸟叫声，可是只有一声。”她说。现在她聆听鸟叫声的时候会跟着哼唱，音色低沉，似乎在喃喃自语。

她喜欢火焰燃烧的样子，但讨厌在上面烧任何东西——她除了生鱼其他都不吃，生鱼还是自己游泳去抓的。（要是某条鱼特别美味，她会禁不住给猎人尝一口。“只要不用火烧，鱼肉真是太棒了。”她会这么说。）

她帮助猎人做饭，就好像妻子帮丈夫一样：他有时出去打猎时锅里还有东西在煮，美人鱼总会把锅端下来。但她从来都不知道什么时候应该把锅端下来——有时候肉还很硬，有时候肉已经被煮烂了，她从来都做不

好，除了偶尔的时候。这时，猎人会笑着说："你是个好厨师，跟我母亲一般好！"那么，为什么他想要美人鱼帮他看家呢？如果你有一只会说话的海豹，你会叫它做家务吗？

美人鱼喜欢给猎人带各种贝壳、海星、海马和海底沉船残骸里的东西。有时她带来新的东西，便会盯着以前的东西看半天，然后把半个屋子的东西都重新整理一遍。有一次，她手里攥着东西，叫猎人闭上眼睛，然后越过猎人的头发和胡须，把它套在了他的脖子上。

"好了，"她说，"现在可以睁开眼睛了。"

当猎人睁开眼睛低头看见胸前彩色的石头——金色、绿色和蓝色，是一串项链，他特别吃惊，差点张嘴就说："男人不戴项链——"但是他亲吻了美人鱼，把项链在手里翻来转去，告诉她这是他收到的最好的礼物。美人鱼开心地说："你能在海底找到各种东西。轮船通常在海面转悠一会儿，最后还是会沉没，船上的东西就都归我们了。"

她从沉船里带上来的最好的一样东西是个装饰船头的雕像，水手们叫它“破浪神”。它的表面吸满了小贝壳、蛤蜊和黑蚌。不过把它们刮掉后，竟然还能看清雕像上的女子。她袒露胸脯，头发淡黄，双手扣在脑后，戴着一串小蓝花项链，大腿上搭着一大束花朵。但是她的小腿和脚根本不是女人的腿和脚，而像是鹿或山羊的那样纤细、毛茸茸的腿和锋利的蹄子——而且在脚踝的地方相交叉，好像她头上顶着的斜桅杆对她来说根本没什么重量。她的脸颊呈玫瑰红色，似乎是给航行时的海风吹红的；她海蓝色的双眼仿佛越过你，凝望着远方。

比起煮熟的食物，美人鱼更讨厌一切有甜味儿的东西。有一次，猎人劝她尝一些小果子，她犹豫地闻了闻，放进嘴里，结果立马就吐了出来，大叫道：“它们真恶

心，恶心！黏糊糊，脏兮兮！你怎么吃得下去？”

不过蜂蜜是最糟糕的——她说：“味道像果子，但是令人窒息。我一辈子也没吃过这么糟糕的东西。”她一向喝盐水。尝了猎人喝的淡水时，她说：“水本来就清淡，你的水更是没味道，真乏味。”

她从海里到猎人的屋子里，所过之处，会在草甸上留下一条踪迹。青草和野花被压倒了，她会闻一会儿它们的气味；不过她自己身上有股刺鼻的咸味儿，就像迎面打在脸上的海浪的味道。她蓝蓝的眼睛和深色的皮肤闪着光。微笑的时候，她会露出洁白的牙齿，宛如白色的泡沫。

最初的时候，她以为猎人的衣服和他是一体的，于是吃惊地说：“我以为你是棕色和灰色的，但你是白的。你白色的时候好看多了。”很长一段时间，只要猎人脱衣服，她就大笑，好像他在逗她玩，好像这是一件神奇又荒唐的事。猎人会解释说衣服很有用，也很漂亮，她听了总是将信将疑地笑笑。她本来挺喜欢猎人逗她玩，

但穿衣服这件事对她来说有点难接受。猎人是这个裸体世界里唯一穿着衣服的家伙。

不管有多冷，她从来不穿衣服。有时候她会把红狐狸皮系在手腕，当作手链。有一次在海豹岩上她头上戴了一只海草编的花环，为此，猎人专门用果木为她刻了一只花环，上面有叶子和野果，非常逼真。她有时候会戴着它吃晚饭。

下雨时，猎人通常待在屋里。他会做些事情，免得无聊：雕刻木头、磨利斧头、制作箭头、打理家务，或者和美人鱼做游戏。美人鱼无法理解为什么下雨时他想待在屋里，因为对她来说，下不下雨没什么区别。

有一天，猎人正赶上一场倾盆大雨。回到家时，美人鱼摸着他身上湿透的兽皮衣说："那是因为你穿了衣

服，雨水让它又冷又重；要是不穿衣服，你就不会介意有雨了。”她也无法理解为什么猎人会感到无聊——她甚至从来不明白什么是无聊。她说：“如果你厌倦了什么事，为什么不做些别的事呢？但是你为什么一定要做些事情呢？”

她会蜷在窗台上——他俩有一扇由玻璃和木头做的大窗户，是从沉船上弄来的；还有一个窗台，上面铺满了兽皮——在上面可以看海或打盹儿，或者就待在那儿。她从来不觉得必须要说点儿什么。她会在那里安静地一坐几小时，然后回应猎人的话。猎人说话时，她总能朝气十足地回应，似乎她一直都在参与聊天。有时候她静静的，什么都不做，这会让猎人很纠结。“你在想什么？”他会问。有时候美人鱼会告诉他，但通常她都会说：“哦，好吧！”同时皱皱鼻子，似乎和耸耸肩是一个意思。

猎人和美人鱼会一起玩围棋、小木片游戏和掷马蹄铁游戏，就是把小环扔套到木桩上。

但他们后来不玩这个游戏了，因为美人鱼基本环环都中，很少失误。每隔二三十次，她掷的环才会从木桩上弹跳到一边，她会笑着疑惑地说："我失误了！真不明白，我竟然失误了。"

但只要有任何事不对劲儿，她就会大笑，觉得很有趣。有一次她在挪动铜号和贝壳时，不小心摔倒了，结果铜号被磕了个豁口，贝壳被摔碎了两只，她自己也摔得晕了过去。这是猎人头一回见到她没有呼吸了：她可以屏住呼吸长达半个钟头，就像鲸鱼或海豚那样。

她会屏气逗他玩，偶尔指一指自己紧闭的双唇和变窄的鼻孔。她能够在任何东西上保持身体平衡，喜欢玩杂耍，像只小海豹。

她不仅学会了说猎人的语言，还能够用猎人的语言思考。（除了在水里的时候，"当触碰到水的时候，我就会像我以前那样思考。"她说。）她又教给猎人一些她的

语言，但对猎人来说，它们实在难学。她的语言就像海水在岩石的裂缝里汩汩作响的声音。不过，她说什么都像那样：她学会猎人的语言，却用大海的音调来发声。

她教了猎人一些海豚和海豹的语言，这样猎人如果被冲到海里，还能够向它们呼救："救我！救我上岸！"学用海豚的语言说这句话，对猎人来说最难不过了。他愤愤不平地说："你非要用嘴巴和鼻子最上边发声，音调高得你自己都听不见自己在说什么。"

"这就对啦！对啦！"美人鱼说，"现在你终于领会到这一点了。"

她喜欢海豚，但瞧不上海豹："海豚和人类说的话差不多一样多，只是它们的话大部分声调太高了，我们学不来。海豹基本上说不了多少话，很容易学。一周的时间你就能学会海豹所有的话。"

猎人会和美人鱼讲他的父亲母亲，以及他们一家三口共度的时光。（母亲留下的一小块轻薄的蕾丝手帕，对猎人和美人鱼来说是非常珍贵的宝贝。“他们是怎么在手帕上打那么多小孔的呢？”美人鱼问猎人。但是他也不知道。）她试图想象猎人父母的生活是什么样的，但这对她来说挺难。“你是我见过的唯一的人类，”她说，“除了淹死的人。”于是，他就用核桃为她雕刻了自己父母的小人偶。

她看见猎人母亲的长裙子时，说道：“什么？她和我真像！”但她看见猎人父亲的人偶时，不禁笑了又笑。“你不需要雕这只了。”她说。猎人不明白她是什么意思，也不知道为什么她会笑，于是不自在又有些失望地看着她。美人鱼亲了亲他，说道：“它和你长得一样！根本没什么区别，就像你一样！”

她常常给猎人讲海洋居民的故事，猎人会给她讲母亲讲给他的神话故事。每当他给美人鱼说童谣的时候，她都会哈哈欢笑，好像有人在挠她痒痒（她喜欢别人挠痒痒）。

“我喜欢童谣，听起来好押韵，教教我它们是怎么唱的。”很快，她已经记住了全部的童谣。有时遇到暴风雨天气，猎人在专心做着事情的时候，会偶尔抬头看看她在做什么。这时候，她可能会半躺在床边，一面望着远方的海浪，一面哼童谣：

“嘀嗒嘀嗒响叮当，老鼠偷偷爬钟上。”

每逢什么东西让猎人想起他父母，你便看得出他多么想念他们，希望他们能回到人间。美人鱼也会和他分享自己童年的故事、她的家庭和她死去的妹妹，但她似乎从没想要他们谁回到自己身边。猎人不解地问：“你难道不想要你妹妹能够活着吗？”

她回答道：“她以前活着，为什么一定要她现在也活着？”猎人记得好像从没见过美人鱼哭泣，不禁一

颤，心想："美人鱼会哭吗？"

"美人鱼只害怕大鲨鱼和食人鲸鱼。如果被它们抓住，它们会杀了我们的。"她告诉猎人。

事实上她对这些凶猛鱼类并不十分在意，她的族群也并没有真正想过或憎恨过它们。"我们为什么要那样呢？"她说，"它们吃我们就像我们吃其他鱼一样。其他的鱼也并不憎恨我们。它们知道我们不饿的时候，就从我们身边游过；而发觉我们饥饿时，就尽可能地从我们跟前逃离。任何东西都依靠其他东西生存。"

起先，她去海里探望亲人的时候，她会说："我要回家去。"后来她把和猎人在一起的房子叫作"家"。她第一次从海里探亲回来时，躺坐在窗台上，前后摇晃着头，一脸困惑。她告诉猎人："大海里的一切都在移动，我回到这个一切都静止的世界，就感到头晕，似乎一切都在前后晃动，我也无法停下来。"

过了一会儿，她笑着说："我和他们讲我们家的时候，他们都不相信，不相信我们有火炉——我告诉他

们，但他们就是不信。夜晚的时候，我带他们看火焰照亮窗户，他们觉得那和夏天的波浪闪动一样，或者是星星。”

猎人和美人鱼之间差别太大了。但最终，他们变得特别相像。他们在一起生活，非常快乐。

猎人带回一只熊宝宝

但是他们一起生活了很久之后，猎人开始做一个梦。早晨醒来时，他会一脸忧郁地告诉美人鱼："我又梦见了。"

"我很抱歉。"她答道。

"和之前是同一个梦，"猎人接着说，同时抬头看向空中，似乎梦还在那里，等待他看，"我父亲站在炉火旁，旁边还有一个他，就像他和自己的影子——我就是他的影子。母亲坐在那里唱歌，她也有个翻版，像是她和自己的影子。我看过去时，发现你是她的影子。而我

朝自己总躺坐的炉火边的地上看时，那里什么也没有，连影子也没有，那里是空的。那空空的地上越变越暗，直到火苗熄灭，然后我就醒了。"

"这是个噩梦。"美人鱼皱着眉头说。

猎人说："我希望再也不要做这个梦了。"然而，每隔几个星期，他还是会做同样的梦。最终，美人鱼对他说："我知道你的梦是什么意思。它是说你想有个男孩儿和我们一起生活。那样你就是你父亲的影子，我就是你母亲的影子，小男孩儿会和你以前一样，一切都将和以前一样。"

猎人想了想，然后点点头。他明白美人鱼的意思，但他无能为力：他们俩没有孩子，外面的荒野和大森林里也没有其他人类，他们没有地方去讨个孩子，或偷来一个。

一天，猎人去打猎了。傍晚时，他还没有回来——天色越来越晚、越来越暗，他仍然没有回来。美人鱼在屋外朝森林和大山望了又望，但都看不到他的踪影。天开始下雨了。大雨啪嗒啪嗒打在屋顶和窗户上，外面狂风缠绕着大树，不停地呼啸着。但最终大雨和乌云都在海边停息了，潮湿黑暗的天空非常宁静，除了阵阵海浪声。美人鱼躺在窗台上，半睡半醒……突然响起了脚步声，房门开了，猎人蹒跚地进来，怀里抱着什么东西。他笑着对美人鱼说："我为咱俩带回来一个男孩儿。"

"你出什么事了！出什么事了！"美人鱼叫道。

猎人脸部有三道很长的伤口，鲜血顺着脸颊流到他赤裸的湿漉漉的肩头；他后背和前胸布满严重的淤青。而他怀中抱着的东西，憋在他浸湿的鹿皮衣服里，不停挣扎着想要逃出来，猛地往上一蹿，碰到猎人的脸，发出一阵怪异的声音，可怜巴巴的，又似乎在生气。美人鱼看到他毛茸茸的棕色小脑袋、偌大的牙齿和闪烁的双眼，知道这是只小熊崽。

“要是我没把箭射出去，就永远回不到你身边了，”猎人答道，“天越来越黑，我正穿越一片满是树莓的丛林，突然听见一只大熊呼唤小熊的声音，还没等我再迈两步，她就向我扑过来——我夹在她和熊崽之间。

“我在很近的距离向她射了一箭，箭头只有一半刺入她的身体。她离我太近，我都来不及跑，甚至来不及躲闪，她的大爪子就扑向我——”说着，猎人摸摸自己的脸——“她把我围住，抱得很紧，我感觉我的背都要折断了，接着我把匕首从她后背刺进去了。我用左胳膊挡在脸前，能感觉到她的牙齿穿过鹿皮刺了进来。我感觉她摇晃我的样子肯定像个大人摇晃小孩。我快撑不住了，接着她倒下来压在我身上，再没动弹。有一阵子，我实在动不了，就那么躺着。看，我胳膊上还有她的牙印。”他伸出左胳膊，右手还托抱着小熊崽。美人鱼看到他手腕和手肘之间有一排血糊糊的棕熊牙印。

猎人把湿鹿皮裹着的小熊崽扑通放到床上的熊皮被上。他努力钻出鹿皮，爬到床最里面的角落，朝他俩呜

呜地咆哮。

“他当时在树上，”猎人说，“要是他比现在大一个月，我可没法把他弄下来。哦，把他带回家实在不容易！一路上咬来咬去，动个不停。”

猎人擦干雨水换好衣服后，他们开始吃晚饭。可以说，这对他们来说像过节一样，他们边吃边笑。小熊闻到食物的味儿后，从熊皮里钻出来了。猎人给他扔了一块肉，小家伙又呜呜叫着缩回去了。接着，他缓缓接近肉块，用爪子碰了一下，然后就开始摇晃它。等他把肉吞下去后，美人鱼又给他扔了一块，接着又一块。最后，她手拿一块肉，小熊爬到床边，接过了肉。猎人平静地微笑着说：“过不了多久，他就会和咱们一起坐在桌边吃饭了。”

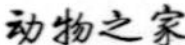

那一晚，他们给小熊垫上鹿皮和海豹皮，让他睡在床角。有时，他会醒来，哭泣一小会儿，然后缩成一团，头钻进熊皮被，又睡着了。两天后，他们吃饭的时候，小熊就坐在饭桌旁的地上，和他们一起吃饭。一星期后，小熊便适应和他们一起生活了。

小熊

小熊的鼻子凉凉的，黑亮黑亮的，拱来拱去。他有漂亮的皮毛——甚至比床上的熊皮还要浓密、有光泽——不是黑色，而是一种温和的深褐色。他的掌心像人的一样红润，但是各有五个像钢铁般坚硬的灰蓝色小爪子，他喜欢固定在一块木头上磨砺它们。美人鱼会摸摸他的小爪子，感叹他们的小宠物竟然有如此锋利的爪子。而猎人有锋利的箭头，有一次美人鱼摸着它们时，说道：“想不到你会有这样的东西，真奇怪。”

猎人对美人鱼很温柔，他微笑着，露出洁白的牙

齿：“我猜，我们都有这样锋利的东西。”

“没错。”美人鱼表示认同，同时伸出了自己的指甲。

小熊喜欢猎人和美人鱼爱抚他，或轻推、轻拍，或看他打滚——他仿佛有句口头禅：“来吧，继续，我不会受伤的。”有时候他会坐起来，他们就轻轻把小皮球抛个弧度，扔向他。这时，他就会用嘴接住球或用爪子击球，要是没接到或打空了，他还会追着球跑。

他会坐直身子，前爪在胸前半曲着，简直像是在作揖。他还会双腿直立走路，和四条腿走路差不多稳。他用两条后腿在屋里来回晃悠，然后够到桌子上的食物狼吞虎咽起来，活脱脱像个穿着熊皮的小男孩。

但是这并没有持续多久。他长得太快了，他们都不敢相信。秋天，天鹅飞去南方，猎人几乎举不动他了。也难怪他长得这么快：无论给他吃什么，他都吃；他无论在草甸上或森林里发现了什么，都会吃掉。美人鱼说：“瞧，要是把他的椅子放到他碗里，他也准会吃掉。”从林鼠、草原鼠、青草、金凤花、根茎、坚果、种子、

花蕾、菜虫、昆虫、黑莓、蓝莓、蔓越莓、野葡萄、贝壳、螃蟹、蜂蜜、蜜蜂、各种鱼、各种肉——什么都能被他一吞而尽。

他们给小熊腾出一个空位让他就餐，还准备了一只碗和一把矮脚椅子，和美人鱼的差不多，只是没有摇动装置。(一开始他们给碗里盛了水，但他老是打翻，后来他们就把碗放一边了。)小熊的餐桌习惯很不好。当然美人鱼的也是——尤其是她实在忍不住不停地给小熊喂鱼肉。

小熊最拿手的就是接鱼肉：他会奇迹般迅速而轻巧地伸过嘴，衔住鱼，精准无误，所以你简直无法相信他会好好用碗吃饭。

不过他们都以自己喜欢的方式吃东西：猎人会用小刀把肉切成小块儿，嚼一嚼，再吞掉，同时不停热情地聊着天——说他很久以前就忘记了父母是怎么吃东西的、是如何教他吃饭的。

小熊没有餐巾，这是当然了。不过猎人和美人鱼也

没有，他们都用胳膊来擦嘴，但至少，他们不会舔手指。而小熊舔起自己来，摇头晃脑，几乎坐不稳，会从椅子上摔下来。

有一晚，美人鱼盯着他看了一阵，然后说："他确实是个没有经验的保洁员，越舔越脏。"

"越洗越糟糕，"猎人说，"他把自己弄得又湿又乱，毛都朝四面八方乱爹。还好他不会一直舔下去。"

"除了吃和睡，他可没花很长时间做别的事。"美人鱼答道。

确实如此。他刚刚吃完时，看起来一副既滑稽又很满足的样子：他的小眼睛会对他们眨呀眨，然后会温和地向四周看看，接着他走神的眼睛就开始发呆似的，眼皮偷偷闭上，又突然睁开，又悄悄闭上，然后很快就睡

着了。

“我们是两个世界的。”美人鱼对猎人说。

“你不用专门给他找点儿饭后活动，不用给这个大婴儿找。”猎人说。

小熊开始打呼噜。美人鱼说：“你这只‘海象’！”

他们实在忍不住要逗小熊开心，不过这看起来挺好。晚饭后，小熊就坐在椅子上打盹儿，美人鱼打着哈欠说：“有他在真让人欣慰——让我觉得不会有任何糟糕的事情发生在他或你身上。”

小熊摇晃着站起来，晃荡了两步到火炉边，倒下去，接着很快又入睡了。

“大婴儿！”猎人满意地说。

小熊是个非凡的爬树高手：他用前肢环抱住树干，然后靠后脚把自己推上大树，脚在树上又抓又刨。小熊就像其他不会爬树的小动物，从来不知道怎么爬树，却想试一试。他就靠着蛮力往树上爬。而下树的时候他不是爬下来，基本上是掉下来的，其间会有几次短暂的停

顿。若是个秋日，他会在树梢被坚果和树枝围住，不过他会满足地呼噜呼噜、哼哼唧唧，然后大口大口地吞吃坚果。

一个寒冷的深秋的下午，猎人回家时，美人鱼在家门口等他。

“快进来，快进来。”她抓着他的胳膊说。她面色焦急，看起来很难过——猎人从没见过她那么难过。

“怎么了？”猎人问。

“他要死了，”美人鱼说，“我到他跟前，摸了摸他，他没有反应，他都没感觉到我在他旁边。他几乎没有呼吸了——他的呼吸很微弱，然后就没有呼吸了，你数七八声他才呼吸一下。”

“哦，我的天！”猎人说，“昨晚他没回来，我就知

道我应该去找他。他在哪儿？”

“在悬崖上，高处的山洞里——窄的那个，你基本很难进去。”

他们赶紧跑去了。“或许那是另一只熊，他受伤了，回不了家，就爬进去了，”猎人回过头喊道，“他流了很多血吗？”

“不，一点也没有，”美人鱼说，“他……”

但是猎人用尽全力往前跑，离她越来越远，基本听不到她的声音了。美人鱼沿着山路艰难地向前，等到了悬崖处可以看见山洞口时，猎人已经不见了。她来到洞口，望向里面。猎人弓腰向着棕熊，感受他的气息，他一动不动。

突然，猎人站直身子，朝着美人鱼走了一步，然后开始大笑起来。在漆黑的山洞里听到他笑声的回音，让她感到害怕。但他的笑声听起来如释重负，美人鱼喊道：“他不是快不行了吗？他一切都好？”

“他的日子再好不过了，”猎人说，“我忘记你不知

道这事了。他只是在睡觉——冬眠。”

“冬眠？”

“棕熊冬天都会睡觉。你看他长得多肥——好吧，他会一直躺在这里睡到春天来临，除非温暖降临。”

“所以他那样呼吸完全没问题？”

“他们都会那样呼吸的。你根本叫不醒他。看！”猎人从棕熊肩膀下部抱住他，使劲儿往上拉，然后摇晃他。他晃啊晃，接着大吼了一声，叫美人鱼耳边隆隆作响。可他的呼吸没有一点儿变化。

“真奇怪！”美人鱼说，“真奇怪！哦，我真高兴他一切都好。”

猎人把熊放回地面，充满爱意地拍了拍他，然后钻出了山洞。

美人鱼说：“我也想拍拍他。”

她拍过棕熊后，有些难过地说：“他一整个冬天都不会和我们在一起了吗？每个冬天？”

猎人想起美人鱼提到她死去的妹妹，然后笑着说：

“他整个夏天都会和我们在一起，为什么你还想他整个冬天都在呢？”

“哦，我也不知道。我——我已经习惯有他在了。”

那个冬天，他们经常谈起他。偶尔，猎人会去洞里看看他，回来后会欢欣地说：“睡得很香！”有一次美人鱼答道：“这好像你妈妈的一个故事。”

“像哪个？”

“就是那个故事，你知道的，‘睡美人’。就好像我们有个‘睡美人’宠物。”

他们确实很想念他。终于，一个雾霭茫茫的三月早上，屋外有刮擦房门的声音，然后一只消瘦、急躁、饥饿的棕熊伸着鼻子跨过门槛。他们激动地喂他吃东西。瞧他的吃相！他长大了！夏天结束的时候，他已经非常

高大，跑起来就像一张床在草甸上疾驰：你根本无法相信这么大块头的家伙跑得如此快！

他越长越大，身上也越变越湿。没有什么比一只湿漉漉的大棕熊更引人注意了。

下雨时，雨滴打在他身上。他蹚进一条小溪，在水中捕鱼吃——他会站在汇入大海的小河口，河水汩汩漫过他后背。他会迅速咬到或拍打白色水花中的小鱼。雨停了，河水蹚遍了，吃饱鱼了，他便会回家。

他与猎人、美人鱼在一起的第一年，回家时总像只湿透了的圣伯纳德犬；第二年，他像匹湿漉漉的设得兰矮种马；第三年，他像匹穿着湿外套的马。想要帮他擦干身上的水，像是想要吸干沼泽地：他们会把房里的所有东西都拿出来帮他擦水，结果房里所有东西都湿了，他还是没有干。

他坐在火边，不久身底下就是一小摊水。他皮毛上的水和水滩会一点点蒸发，水汽笼罩在窗玻璃上，然后他便开始甩水——

“不，不要甩！不，不要甩！”猎人和美人鱼会喊道。而熊呢，经过他们训练的熊，就不再甩了：他已经明白，当他们喊“不，不要”，意思是他不可以甩了。当然，要是在屋外，他可以继续。猎人曾经丈量过熊甩水时能甩出多大的水圈：从他湿透的中心点，到地上最远处的水痕，有十七步远。

棕熊的生活风平浪静，他要么哼哼打呼，要么摇摇晃晃地溜达，要么迅速地来回奔跑，要么呼噜呼噜发出满足的声音。不过，偶尔，他也会出点事。一个温暖的下午，猎人和美人鱼正在屋里坐着聊天，棕熊一下破门而入，朝床跑去，一路上还使劲儿扭摆身体，最后跳上床，想钻进床上的熊皮被里。他身后紧跟着一团“云”——“蜜蜂！蜜蜂！”猎人一边喊，一边拍打着

脖子。

“蜜蜂？”美人鱼问，接着立马尖叫起来，同时紧抱住自己肩膀——一只蜜蜂落了上去。

猎人一把搂过她，抱在怀里，摇摇晃晃地跑出去了，还听到身后传来棕熊的呻吟声——一定是有蜜蜂钻进熊皮被里了。他们身后还跟着十来只蜜蜂——“哦！”美人鱼尖叫道，看来一只蜜蜂追上她了。

猎人笨拙地飞快跑着，跑过草甸，到了海边。海潮来了，他跨过浅水滩，急忙跳了两下，结果两人都栽进水里了。美人鱼从他怀里游开，消失在下一个海浪里。

他们几乎还没探出脑袋，蜜蜂依然纠缠着他们。猎人眼睛和鼻子里都是海水，咕嘟咕嘟往外吐海水。他猛力蹿起来又往下沉，弄得水花飞溅——瞬间他上方升起了一个完美的水与雾的喷泉。美人鱼依葫芦画瓢，照着猎人那样做。没过一会儿，她失去平衡倒进了水里。于是她便用鱼尾使劲儿地泼水。

对蜜蜂来说，就好像它们是在对付两个轮流喷发的

海下喷泉：又湿又冷，感到丧气。它们围着两人转圈，一些开始掉头往沙滩上飞。“我们吓住它们了！泼水！泼水！”猎人喊道。五分钟后，最后一只蜜蜂闷闷不乐地飞往沙滩的草甸处。猎人坐在水里喘着粗气，水面到他脖子，而美人鱼则开心地大笑——笑得太厉害，喘不上气晕过去了，等呼吸正常了又接着笑。猎人自己也开始笑了。

“我们吓住它们了！泼水！泼水！”美人鱼喊道，指着猎人，笑得更欢了。

“如果你就这态度，”猎人说，“下回我再也不给你任何建议了。”

美人鱼答道：“你抱了我好长时间。你是怎么做到这么快赶到海里的？”

猎人说：“我一定是得到了启发。哦，是咱们的那只熊！要么我们得训练他离有蜜蜂的树远点，要么就得把门关好。”

“让我们来教他往沙滩跑，而不是往他的熊皮被那

儿。我们可以告诉他，‘现在你已经是只大熊了’。”

“我去看一看屋子里的情况。”猎人说。很快他就回来了。

“还有几十只蜜蜂进进出出。我不知道他去哪儿了。这些蜜蜂只是出于习惯罢了。日落时分，它们就都会离开了。”

晚上他们两人坐在火边，四下一片宁静，除了被蜜蜂蜇的部位抹的黏土在响。这时，有刮门的声音。猎人开了门，棕熊进来了。很明显他也跑到水里去了：他都湿透了。但是海水没有冲掉他头上又黏又脏的蜂蜜和蜂蜡——毛发里甚至还有死掉的蜜蜂。他坐下来舔自己的右前爪，裸露的掌心上肿了几个包，都是被蜜蜂蜇的。“就看他的鼻子吧！”美人鱼说，“他就像得了腮腺炎，简直没个熊样了。”

可是他并没有觉得遗憾和难受，只是坐在那里舔舐自己的毛，好像之前就在家里，现在又很高兴回家了。他越舔越显得糟糕，炉火慢慢温暖了他的皮，一团水汽

从他身上升起来，他闻起来就像四五只狗和一个蜂巢混合在一起的味道。

没过一会儿，他炯炯发亮的眼睛开始暗淡。“他今天真是充实。”猎人说。

“如果他身上和肚里全是蜂蜜，那他就是一只充实的熊。”美人鱼答道。

“还有蜂蜡——和蜜蜂。记住，熊还吃蜜蜂呢。”

“世上有什么是别人吃而熊不吃的吗？我们有没有见过哪一样东西他不吃？”

“哦，木头。”

“如果是朽木，他就把木头翻个个儿，撕扯开，吃掉里面的各种虫子。如果是一棵大树，他就猛击树枝，直到树上所有坚果掉下来，他就吃坚果。如果是春天，他会吃虫子和花朵，还有树皮——”

“没错儿。”猎人说。

棕熊闭上眼睛，开始打呼噜。那是一种轻轻的、平静的声音，就好像他一整天都在火炉边打盹似的。

“他天生就能在这世上过得很好，”猎人羡慕地说，“他看起来是不是很纯真？”

美人鱼说：“难以想象当初我们没有他的日子！”

第五章

猞猁

第五章　猞猁

一个早春的清晨，美人鱼从海里回来。她和自己的族人度过了三天时光。猎人一早就在守望她——他在海滩的草甸上与她相会。他们走到房门前时，猎人忍住笑，对她说："我给你准备了一个惊喜。"

"大熊回来了！"

"不是，他还在洞穴里。等你进屋，告诉我有没有发现什么不一样。"

美人鱼走进屋，急切地环顾四周，又仔细地检查。火炉里的火焰跳跃着，贝壳和狩猎牛角还挂在火炉上

方，熊皮还在床上，鹿皮和海豹皮仍躺在地下，弓和箭挂在墙上。

“或许是个小小的惊喜。”美人鱼说。

“按他的岁数来说可是个大惊喜，”猎人一本正经地说，“看看最底下的抽屉里。”

打开床柜最底下的抽屉，可以看见猎人的银白相间的鹿皮衬衣团在那里。“我来把你的衬衣叠整齐。”美人鱼下意识地说。

这些年，美人鱼已经变成了一位热情十足的女管家，收拾起屋子来和在海里捕三文鱼一样快。

“哦，好的！”猎人一面说，一面大笑起来。

可是美人鱼正要把手伸进抽屉时，抽屉里却发出嘶嘶的声音，她一下子缩了回来。

就在抽屉中间，那白、银、灰色相间，看起来像件衬衣的东西，原来是只小猞猁，和猫差不多大。

他那明亮的闪烁着银光的双眼与美人鱼的双眼相接，然后蜷缩到抽屉角落，发出嘶嘶的声音，好似一只

海蛇。

“又一个小男孩儿，”猎人平静地说，“你和大熊不在家的时候，我很孤单。”

“不，他到底是什么？”

“猞猁。一只小野猫。”

“你是怎么得到他的？”

“我偷来的。他妈妈还有四个孩子，她不会想念他的，况且我猜她可能也不知道怎么数到五。”

“但是你怎么让她发现不了的呢？”

“她住在山上的洞穴里。我看见她在洞外给幼崽们喂食。我在他们下风向，所以他们都没闻到我的气味。你真应该看看他们和自己的食物玩耍的样子。那样子就像当初棕熊小时候一样，就是比棕熊小，小多啦。

“从那以后，我偶尔从那里经过，总会看到他们在洞外玩。小猞猁的妈妈想让幼崽们进洞里去，但是我猜他们不愿意进去。咱们这一只是那群小家伙里最勇敢的，我看到他时，他离洞口已经有四十英尺远了。我想：

‘有人可要抓到你了。’没错，有人抓到他了。”

“但是你要花多久来驯服他？”

“已经驯服了，我觉得。只是他还不认识你。你看！”

美人鱼坐回自己的座位上看着。猎人不紧不慢地把手伸向小猞猁。他既不过于谨慎，也没有漫不经心，就好像已经习惯了小猞猁想要让他抚摸似的。小家伙没有发出嘶嘶声，也没有退缩，而是让猎人挠他下巴——有一阵他还发出舒服的呼噜呼噜声。

“他为什么发出那种噪声？”美人鱼问，她从没听过猫类动物的呼噜声。说到这，她也基本上没见过猫。除了有一次，在森林里五十码开外的地方她看到一只山猫。

“猫感到舒服的时候就会发出呼噜声。你看，他在揉弄自己的爪子呢！”猞猁的呼噜声越来越响，爪尖在衬衣里伸进伸出，一脸慵懒和喜悦。

“为什么你说那是揉弄爪子？”

“我不知道，我母亲就是那么说的。船上的猫也那

样。我不知道那是什么意思。”

“揉弄他的爪子”，美人鱼学着小猞猁那样呼噜呼噜的，还重复着这句话——这是几个月以来她第一次学到新词。

“他真顽皮，”猎人骄傲地说，“他一天玩耍的时光比棕熊一周的还多。你应该看看他玩皮球！”他拿过球，让它滚过抽屉，小猞猁一跃就跳到了它跟前，立刻把它大大咬了两口。他又用一只爪子拍球，另一只接球，把它掷向空中，然后就追着它满屋跑。他就这么独自追赶着。皮球似乎也有了生命，在前面不停地滚动着，而小猞猁紧随其后。当皮球停下时，他会在寸把高的鹿皮褶后面掩藏自己，然后非常缓慢又非常轻巧地向皮球靠近，就如走钢丝的人走过万丈深谷。

“他好像在编故事似的，”美人鱼看得着了迷，猞猁轻跳了起来，“他太聪敏了，小皮球好可怜，根本没机会逃脱。”

“看他的爪子好大呀！”猎人说，“看起来总是那么

大，甚至等他长大了也是这样——他们靠这四个大爪子稳稳地在雪地上行走。还有，他的后腿好长！”

“为什么它们总比前腿长？”美人鱼吃惊地说，“难道正因为这个，他才能够跳得很高？”

猎人缓慢、仔细地把球抛给猞猁，抛出一个大半弧，猞猁在半空中就接住了它。

“哦，他能跳得比那还高呢！他已经能跳到衣柜上了。我敢打赌，一个月时间他就能跳到房椽子上。”

猎人差点赌输了，因为才一个星期，猞猁就能上到房椽子上了。从那之后，房椽子就成了猞猁独占的王国。他通常先跳上衣柜，再从衣柜跳上房椽子。若是要直接跳上房椽子，他会拉紧全身上下，经过几次失败尝试，最终猛地一跳，就上房椽子了，弹跳力令人难以置信。房椽子上光线昏暗，他从一根房椽子跳到另一根，舒服无比。然后他就躺下了——一两个月后，他的小猫模样已经不见——他观望着，思考着，打着盹，前爪向前平摊着。他越长越大，总在房椽子上待着，就叫人越来越

觉得奇怪：晚上在月光映衬下，他在美人鱼和猎人的头顶上方，就像一团云，银晃晃的大眼睛总是盯着他们看。他像是魔法，是森林给这座房子施的咒语。

起初，猞猁喜欢和棕熊在一起。棕熊开始变成毛茸茸的大块头，像他妈妈那样，但比他妈妈要大，更加毛茸茸的。当猞猁和大块头的棕熊站在一起时，很明显猞猁看起来非常伶俐、轻盈而瘦小。

不和棕熊比较的话，他看起来轻快又平静，而且挺大个儿。他灵巧地坐在餐桌前，慢条斯理地进餐喝水，满足地从美人鱼的手指上吃掉一小块鱼，发出呼噜呼噜的声音。（他们把棕熊的宝座给了猞猁，因为棕熊已经变得太大了，他坐在桌边的地上，头和肩膀高高耸起。）猞猁的餐桌礼仪是他们四个之中最好的，除了吃松鸡的

时候——他特别喜欢吃松鸡，每次吃的时候总会轻轻拍弄着自己那份，把它拨到餐桌上，然后全神贯注地盯着看，又用头去蹭——他会激动得不得了，把它抛向空中，然后在屋子里追着跑，好像那是他的皮球似的。

棕熊的成长过程像一个漫长的意外，而猞猁的成长就如他所做的一切，平稳而有计划。他第一次自己上到屋顶，甚至独自从屋顶上爬下来。就算当时没有美人鱼和猎人一遍又一遍的鼓励，说他一定能做到，他自己也会做到的。有一天，猎人忘记关衣柜最上面的抽屉了，里面专门保存着他母亲的手帕。等他俩回来时，发现鹿皮被弄得乱七八糟的，堆在地上，而猞猁还有些气喘吁吁地躺在墙角，离他鼻尖几英寸的地方，母亲的手帕又湿又烂。

“哦，真糟糕！”美人鱼说。

“这不是他的错，”猎人难过地说，“他也不知道是怎么回事。”他弯下腰拍拍小猞猁，猞猁呼噜呼噜回应着他。等他们把手帕洗净晾干，又放回抽屉时，一切都

安然无恙了，手帕甚至还成了猞猁纪念品，来提示他们的猞猁所犯过的唯一真正的错。

猞猁不仅自己捕猎，还为全家捕猎，这是他自己的想法，不代表其他人的主意。他大部分时候会给大家捕野兔。起初，猎人和美人鱼都深受鼓舞：猞猁这样年幼就能够逮住那么多兔子。但是有一天清晨，当美人鱼醒来时，看见床脚边上，三只略微带血的兔子排成一排，而猞猁则骄傲地睡在他们旁边。于是她对猎人说："我们家想必要成为兔子集中营了。已经三只了，而且还不会消停！"

"告诉他不要了，不！"猎人困意尚浓。

"他睡着了。"

"我也是。"猎人一边回答，一边翻了个身。

他们进行了几天的劝说，最后他们告诉猞猁："那是你的兔子。"于是猞猁把兔子带出屋子，轻轻地走着，有种莫名的孤单。这下他看到，猎人和美人鱼似乎很冷漠，甚至不喜欢兔子了。他们对松鼠也那样。而且他带给他们一只狐狸的时候，他们似乎很吃惊。不过猎人对他带回来的松鸡还是心怀感激的。"它们口味很不错，但是不容易打到，"他说，"我讨厌独自背着钝重的弓箭。只要你不介意醒来时就看到它们在你床脚下——"

"哦，我不介意，"美人鱼答道，"只要不是蜂蜜就好了。"

棕熊从来都不是理想的散步伙伴：就好像走路的时候跟着一张床或桌子，还不断地翻腾着木头寻觅小虫吃。而猞猁则不同，他安静得多，也敏捷得多——比你

自己在这世界上能发现的东西多多了。在森林里，他会仔细检查低矮的树杈里面，轻巧无声。穿过草丛时，他会轻盈地大跨几步，跳跃在半空中，活像一只巨大的银色蚂蚱。他在沙滩跑前跑后，好像就在那儿长大似的。他会沿着海浪尽头潮湿的沙子漫步，时而嗅着漂来的浮木和海藻，时而会追赶机警十足的海鸟，它们会朝他气冲冲地嘎嘎叫唤。

有时候，猞猁会一跃而起，因为他发现了一百码开外有个新鲜玩意儿。他还会想方设法把他们俩带过去看，他蹭蹭猎人的腿，呼噜呼噜着，随后引诱般地向外跑去。他以为猎人和美人鱼会感兴趣的东西，其实只是他自己感兴趣罢了。这种时候，通常会以这样的形式结尾——“哦，就这样啊！”美人鱼和猎人感叹道。不过猞猁觉得棕熊会喜欢的东西倒是真对棕熊胃口——他总会狼吞虎咽吃一顿。

猞猁喜欢给他们些小东西或带他们去某个地方：他会一脸欢乐、渴望和陶醉，好像这对他、对他们都是非

常美妙的事情，美妙，美妙！

棕熊很喜欢猎人和美人鱼，而猞猁则十分爱慕他们，正如他们所说：“你只需要轻轻挠挠他，他就开始呼噜叫了，好像远方传来的雷鸣，又像男低音歌手在唱假声。”他会坐在他俩之间，磨蹭他们，跟随他们，深情而满足地凝视他们。清晨，当他们醒来时，他会非常开心能够再见到他们，于是他会充满爱意地假咬他们几下——就好像挠痒痒，这会让美人鱼开心大笑。“啊哦！”猎人会说。“慢点！慢点！”他也会这么说。那一刻，猞猁的牙齿还几乎没有碰到他呢。

最让美人鱼痒痒的时候是猞猁给自己洗过澡后开始给他俩“做清洁”。他会在猎人的头发、胡须处工作，一心一意地舔弄着，感觉凉凉的，直到它们看起来又湿又闪亮。这时，猎人会平躺在床上，昏昏欲睡，表示默许。而美人鱼则充满钦佩地说：“要不是和你生活那么多年，我可真不知道能不能认出你。他把你变得闪闪发光。”

“再过一分钟，你自己也会变得闪闪发光。”猎人说。果真，没过一会儿，猞猁就开始努力在美人鱼那儿开工了。这清洁工作可没那么安静，猞猁的舌头上有些微小的倒钩，弄得美人鱼好痒痒，不停大笑，笑声好似一串串闪闪的小气泡。很奇怪，猞猁从没有试图给棕熊做清洁。他肯定已经看出，即便棕熊，也会傻头傻脑舔自己。但就算这样，棕熊自身也难以解决自己的清洁问题。

等这一切都完成后，猞猁便会躺在他们旁边，一只爪子向外伸着，那一刻有点像狮子。他的脸庞看起来总是一本正经，却非常美丽。他身上那些小猫特有的暗色斑点和线条越变越淡，直至渐渐消失。冬天来临时，他会变成一只魁梧的灰白色长毛动物；夏天时，他就变瘦了，毛为灰棕色，身体简直成了细长条。不过他那镶嵌着银色眼睛的脸庞仍然那么吸引人。两丛银黑相间的毛从他灰色的耳朵尖向上突出；额头中间有几道竖着生长的黑色条纹，好像在沉思似的；脸颊、下巴和脖子处如雪花般的皮毛上，有三条唯美的黑色条带，最长的那条

一直延伸到他外眼角处。他那明亮的大眼睛外缘有一圈细致的黑边，每只眼睛上部都有四五道深色标记；鼻头左右两边的白色皮毛处各自伸出几根触须，触须根部都有个黑色小圆点；短小的浅黄棕色加银色尾巴的尖部是乌黑的。

冬季里，他的皮毛真是细长、浓密而美丽，让你看一眼就忍不住想摸摸他——夏天则相反，他的毛很粗，感觉像临时换上的，似乎是为了应付炎热的天气专门脱掉本来的衣服，而穿了件粗糙的替代品。

和他们生活了三年后，猞猁就不再长大了。但正如美人鱼所说，他不需要再长大，“他很大。即便他玩的时候，”她接着说，“他实在太严肃了，还有……还有……你给我讲的那个国王的故事是怎么回事？”

猎人想了想，说道：“贵族。”

“对，”美人鱼说，“贵族！他看上去确实像个贵族！”

早上要是他们睡过了头——就是说，没有猞猁起得早，猞猁就会等着他们睡醒。只要他能耐心等，他会在

猎人睡的那边床跳来跳去，认真地站在他身上，轻轻地伸出爪尖，试图打开猎人的双眼。所以很多个早晨，猎人面对的第一件事就是一个毛茸茸的东西，模模糊糊的，按压着他的眼皮——他好不容易挣扎着清醒过来，睁开眼睛，第一个看到的就是猞猁那急切的双眼，紧紧盯着他的双眼。

“把你的眼睛打开确实是不一样，睁开眼睛就醒了，闭着就睡着。他可真聪明。”美人鱼说。

“非常聪明，”猎人表示同意，“不过这样醒来挺奇怪的。有天早上我梦见月亮快落山了，它越变越大，越变越红，离我越来越近，我都快没法呼吸了，我睁开眼睛发现猞猁在那儿。”

猎人和猞猁玩了一个叫作“拳击”的游戏。他们两个面对面坐，距离彼此三四尺远，镇定而专心，接着要试图碰到对方，同时不让对方碰到自己。猎人的手与猞猁的前爪迅速抛出。他们出击、躲闪、阻挡、停顿，活像两条蛇在互相进攻对方。猞猁非常配合，总能缩住利

爪不往外刺。偶尔他也会得意忘形，所以猎人的袖子上上下下被刮破了很多处。

“丝绒爪，丝绒爪！”猎人会警告他。

美人鱼已经习惯听他这么说，但她第一次疑惑地问：“什么是丝绒？”

“我不知道，”猎人说，“但要让猫把爪牙缩回去，就要这么和他说。我母亲曾经在船上也这么说。”

但是猎人说过后，猞猁和美人鱼都懂了，他们各自有自己的理解——就像森林和大海之间那一小片丝绒般的地方。

第六章

猞猁和小熊带回一个小男孩

有一次，暴风雨持续了两夜一天，非常猛烈的暴风雨。第二天早晨，雨停了，云开雾散，雨水洗过的天空布满阳光。猞猁站在草甸中间，看猎人和美人鱼沿着小路往树林里走远——小路上洒满了落叶和树枝。然后他在草甸上大步跳跃着到了沙滩上。在沙滩尽头，他停下来，抖抖皮毛，甩下一圈闪闪发亮的水光——那是青草上的雨水。

沙滩上的沙子是深色的，上面布满泡沫。他沿沙滩慢跑着，偶尔嗅一嗅海藻和浮木——岸边有被海水浸湿

的巨大原木，暴风雨把木头卷到了草甸的边缘。更远处有一只死去的海豹，猞猁过去用爪子碰了碰它。

他到河边时，那里有一艘救生船搁浅了，船里有什么东西在哭泣。

猞猁走到跟前，把爪子扒在船边，看了看：一个女子躺在船的另一头，身子一半在水里，一半在水上，水灌满了船底。她没有动，但在另一头缩成一团的小男孩停止了哭泣，把手伸向猞猁，充满希望地说："猫咪！猫咪！"

猞猁跑到男孩边上，男孩伸手轻轻拍了拍他的头，猞猁呼噜呼噜叫了。"猫咪真乖！猫咪真乖！"男孩说。但下一分钟，猞猁退了回去，脸上充满疑惑。然后突然间，他的眼睛一转，跑回沙滩去了。

到房子前面时，他急切地跳跃着，但屋里没人，除了棕熊。猞猁跑过去，用头蹭蹭棕熊，但他没醒过来。

猞猁喵喵叫着，试图打开棕熊的眼睛，但也不起作用。于是他温柔地打了下棕熊的鼻子，棕熊的熊掌抽了

抽；猞猁又打了他一下，他却用熊掌盖住了头。最后他终于睁开了眼睛，晃晃悠悠走了几步。猞猁跑到门口，但是棕熊就那么站着。猞猁又跑回来，用头蹭蹭他，然后急切地跑出去。这回棕熊也跟着去了。

他们在海滩上小跑时，棕熊看起来和躺在那里的原木似的又黑又沉，个头又大，但他的眼睛在闪烁——因为猞猁带他去的地方通常都会有好吃的。可这回却是一艘搁浅的小船。猞猁扒着船边看过去，棕熊用两条后腿站着，也望过去。

小男孩蜷缩在女子的身边睡着了。猞猁跳上船，走到男孩边上，用脸颊蹭了蹭男孩的脸。一小会儿功夫，男孩睁开了双眼，把手伸向猞猁。这时他看到了棕熊，棕熊现在四脚着地。男孩看起来不太自在，他对猞猁说：“猫咪？”

棕熊走到男孩所在的船头，把他巨大的脑袋伸过去。男孩往后缩。但棕熊看起来实在太善良了，男孩不再害怕他了。才过了一小会儿，他就开始轻拍棕熊了，

就像他拍猞猁那样。猞猁跳下船，朝房子走去。男孩和棕熊还在原地，所以他又折回来。男孩双臂搂住棕熊的脖子，笑起来，他感到棕熊的毛那么厚实而温暖。棕熊朝猞猁跟前走，男孩失去了平衡，跌倒在沙滩上。他没有伤到，但猞猁仍然过来用头抚慰他。

男孩温柔地摇摇他、拍拍他，然后起来抱了下棕熊，突然痛哭起来。他坐在沙滩上哭着——猞猁看得很难受，棕熊坐在阳光里。

男孩停止了哭泣，又抱了抱棕熊。越过棕熊的肩膀，猞猁慢步跑开了。男孩和棕熊慢慢沿着沙滩往上走。男孩看起来太小了，很苍白，而棕熊就像一座深色的大山。猞猁那银灰色的皮毛闪烁着光芒，他在他们前面来回跳跃，像海潮一样。

他们到达草甸的时候，男孩累了，躺在草甸上歇息。猞猁先跑到房子那里，但还是没人在。等他跑回去，男孩已经休息好了，他们继续向前走。

他们到房子门前，男孩进了屋，充满期待地环顾了

下，可是一个人都没有。棕熊在壁炉边躺下，猞猁一面蹭着男孩，一面呼噜呼噜。但男孩又累又饿，还很焦躁，暂时不想拍抚猞猁了。他试着爬到床上去，但只把床上的熊皮拽下来盖住了他自己。最后，他到棕熊躺着的地方，在他边上蜷着，渐渐睡着了。

猞猁没法静静地待在那儿。他跑出门，沿着小路到森林，然后折回来；再往森林走几步，然后喵喵地哀嚎几声，又返回屋子里。最后他终于听到远处有声音了，他跳跃着跑向猎人，蹭蹭他的腿。猎人弯腰抚摸他的头，他大声地呼噜着，美人鱼说："他这样好像是给我们抓来了什么东西时的表现。"

猎人说："你给我们带来了什么？又带来一只松鸡？"猞猁跑到他们前头，又跑回他们后面，接着又往前头

跑去。

当猎人和美人鱼到门口时，往里看了看。由于外面阳光太强，所以看不清屋里，里面光线很暗，空荡荡的，除了棕熊在壁炉边睡觉。猞猁小跑到他身边，骄傲地站在那里。美人鱼疑惑地说："好像他给我们带来了棕熊似的。"

猎人朝他走过去——突然间，他停住脚，不敢相信地说："看啊！"

美人鱼走到跟前，舒舒服服地靠在毛茸茸的棕熊身上——他的身体挡住了她的视线——棕熊跟前有个比猎人白皙的小家伙在睡觉。

"一个小男孩。"猎人温柔地说。

猞猁蹭着猎人的腿，他弯腰轻抚着猞猁，眼睛却一直注视着小男孩。美人鱼伸手触摸男孩白净的皮肤，她对猎人说："他好柔滑！"猎人搂过美人鱼，他们站在那里望着男孩。

一小会儿以后，美人鱼说道："但他是怎么来到这

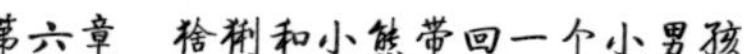

里的呢？”猎人摇摇头。“我也不知道，”他说，“我——我——”

他低头抚摸着男孩，就好像在爱抚做梦都想拥有的宝贝，确保这是真实的。

突然间他睁大双眼，说道：“或许是那场暴风雨，或许海滩上有人，或许有——”

他走到门前，朝海滩下面望去；美人鱼安静地坐在男孩旁边。但是一会儿猎人就回来了，他说：“下面没有人。”

美人鱼说：“我从来不知道你小时候和你爸妈一起生活的样子，我从来没见过小孩。他看起来一半像个男人，一半——哦，不一样！他的胳膊和腿好短小，又很白。他的头也不一样——你看他的头发和皮肤多柔软！他看起来很无助，好像还没长成。他好新！”

猎人奇怪地叹了口气。他和美人鱼坐在那里看着男孩。猎人想不出能说些什么。他看起来很放松、很满足，有一刻他还打哈欠了。

男孩醒过来时，他们给他吃了几小块狳猁带来的最后一点松鸡肉，用一只木头杯子给他装了水喝。他把手伸向猎人和美人鱼，就像之前伸向狳猁。他对美人鱼说："妈妈！妈妈！"猎人抱起他的时候，他开心地笑了，但好像不知道该叫猎人什么。美人鱼给男孩洗了澡，对他的小衣服感到很惊讶，它又薄又脏。"它好像你母亲的手帕。"美人鱼对猎人说。

猎人离开屋子去沙滩，没多久便回来了。他拿起铁锹，对美人鱼说："有一艘船被冲到了河口，他的妈妈在里面。她已经死了。"

狳猁、棕熊和男孩在沙滩上留下的痕迹告诉猎人男孩是怎么到屋里来的。他用自己的大手抚顺男孩的头发，然后离开了。几个小时以后，他回来了，一脸茫然，回忆着，好像又回到了和他自己的父母在一起的时光。

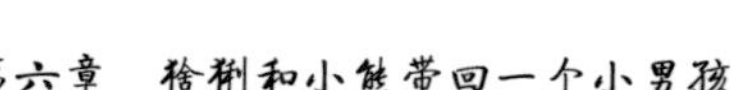

猞猁不再为他带回男孩而感到骄傲。他离开房子，去森林了。棕熊仍躺在壁炉边看着美人鱼和男孩玩耍。偶尔他的熊掌会抽动一下，他也想玩，但他现在是只大熊了。男孩坐在中央，美人鱼会把皮球滚给他，他捡起球，试着抛回来。但他松手时，球就乱跑了，美人鱼得匆匆追着捡球，除非球滚到猎人所在的地方，猎人就会立马加入他们。

每当男孩拿到球或把球抛出去，他就会发出一种高音调的笑声——这是大房子里的新声音，不再只有美人鱼水流一般的笑声和猎人深沉的笑声。夕阳洒进窗户，房间渐渐暗了。猎人给壁炉生火，男孩伸出双手烤火。

“可以看出他是习惯炉火的，”美人鱼说，“你看他是一个——”她停下来，看着猎人，然后似沉思般地说，“还记得我想拾起那块木炭？”

猎人对她说：“我记得。”

第七章

一个大家庭

没过多久，他们就适应了生活中有这个小男孩。当然有些事会提醒他们。美人鱼给男孩做鞋子、衬衫和裤子时，会这么说："把这些都做小，感觉好奇怪。"她为他做衣服时，总是用最柔软、最干净的鹿皮，上面装饰着贝壳纹路的小鸟和花朵。（对于他的衣服，美人鱼会说："我觉得它们很适合他！"）她为男孩做了一顶鹿皮帽，上面缝着蓝鸟的羽毛，根本看不出来是用鹿皮做的。戴着它，男孩的头上好像生着蓝色火焰。

猎人给男孩做了四支箭和一把弓，和他自己的一

样，只是小一些。男孩能背起弓箭，但他仍然太小，不会射箭，除非猎人在弓和弓弦上握住他的手。猎人给他制作了一张小床，把一只美洲狮的皮毛铺在上面。靠床的墙上挂着弓箭。每天晚上猎人把男孩和他的玩具一起装进皮毛里：皮球、一个小熊玩偶、一个木雕猞猁，还有猎人的项链——这不会伤到美人鱼的感受，项链只是借给男孩玩而已，还有猎人父母的木雕。有时候猞猁也会半夜钻进去睡，早上男孩醒来，猞猁就在床脚蜷成一团。男孩会过去轻抚他的头，这时，猞猁会打哈欠，睡意蒙眬地呼噜起来。但是棕熊对于小床来说太大了，他躺下的话，头和脚都超过床头和床脚了。

美人鱼和猎人还有男孩总会到海边散步，就像以前美人鱼和猎人经常那样。男孩喜欢沙子和贝壳，还有小小的海浪轻抚他的腿和肚皮。

有时候猎人会怀抱男孩，迎着最大的海浪往海里走。当白头绿浪汹涌而来仿佛要击中他们时，对男孩来说，世上再没有比猎人更强大的人能保护他了。猎人会

猛地冲进巨浪，浪头随后在他们周围变成白色的雾蒙蒙的盐沫。男孩则会气喘吁吁，紧闭双眼。等他重新睁开眼睛，只有他和猎人站在那里，海浪已经消失了。

在河边的小池塘里，美人鱼教男孩游泳："就像我一样游，但是用腿。"不久，游泳就像走路一样，对男孩来说再平常不过了。他听美人鱼讲故事、说美人鱼的话，也和听猎人讲故事、说猎人的话一样平常了。"他说话就像海洋民族一样，"美人鱼自豪地说，"不管他说什么都带有那种流水般的声音。"

猎人气喘吁吁地用他最好的海豚声说："救救我！救我上岸！"他问美人鱼这听起来有没有流水的感觉。美人鱼指出："你的话是你父亲说话的感觉。不管你说什么，都有一种核桃的声音。"

"关爱相互。"猎人友好地答道——这是美人鱼所记得的"相互关爱"。而猎人一开始出于礼貌，并没有纠正她，后来，他觉得这么说也挺对。当然，她并没有察觉猎人在重复她的话，而不是猎人自己的话。

有时，他们会告诉男孩猞猁是怎么来到这里的，怎么让他们接近他的，他自己是怎么贴着棕熊很快陷入沉睡的。有一两次他们带男孩去他妈妈的坟墓——猎人在那里做了个标记。但是除了偶尔的一个困惑不安的梦，男孩的记忆里只有和美人鱼、猎人在一起的时光。

他知道猎人是他爸爸，美人鱼是他妈妈，他们一直都是。（虽然他们俩和男孩不太一样，他们彼此也不一样，但男孩的爸爸妈妈不是都和男孩、和对方不一样吗？猎人和美人鱼之间的差别对男孩来说，不过就和其他小孩爸爸妈妈的差别一样，爸爸是短发、穿裤子，妈妈是长发、穿长裙。）男孩想："他们总和我说，猞猁找到了我！"但是他会对他的爸妈微笑，假装是猞猁找到了他。

一天，猎人也对他微笑，说道："你一定觉得自己一直和我们生活在一起。"男孩不知道该说"是"或"不是"，困惑地笑起来。美人鱼微笑着说："是，你觉得一直和我们生活在一起。"

男孩的心跳得很快，但他说："不，猞猁发现了我。"这成了他们的游戏。因为男孩知道并不是这样，他很开心说是猞猁发现了他。猎人和美人鱼也很开心地说男孩一直和他们生活在一起，因为——因为很多事情。

男孩比猎人和美人鱼睡得早、起得早，有时房间里只有他和猞猁两个家伙醒着。

男孩会坐在自己的床上，看着睡在熊皮里的猎人和熊皮外的美人鱼，棕熊在壁炉边打着鼾，猎人的弓和他的弓，兽皮、贝壳、狩猎牛角和门上戴兰花的船头雕像，每一样东西都是那么熟悉。

一天晚上，他入睡一两个钟头后，下雨的声音吵醒了他。他听见妈妈对爸爸说："他真是个好孩子，真聪明，但他长得太慢了，我不明白。记得棕熊长得多快

吗？还有猞猁。”

猎人沉默了一下说：“他一定记得自己的童年。我也不清楚，我不知道我们是否和他们长得一样快。好像我很长一段时间都是个小男孩，很长时间。”

美人鱼继续说：“他和其他小家伙都不一样。他比他们要强，他们都是小坏蛋，而他有趣多了。他会想到非常奇怪的事情。”

“是吗？”

“我想是的。他给我讲他自己编的海下故事。今天早上，他告诉我，等他长大，要造能在水下射击的弓箭，还要娶海洋民族的女孩，并生活在海洋里。”

“那不算奇怪，”猎人辩解道，“我自己也总是那么想的。”

美人鱼冷漠地说：“你真是妄想。”

第二天早上，男孩想起他听到的话，不确定是不是梦。自己生长得慢那一部分对他来说可是很关键：他一直和美人鱼、猎人生活在一起，他分析道，而棕熊和猞

猁在他之后才来，却长得快，难怪他们个头大。他喜欢听爸爸说“好像我很长一段时间都是个小男孩”，他也觉得自己已经很长时间都是个孩子了。

日子一天天过去，总是差不多又不尽相同。男孩是快乐的，但不知道自己总是很开心，的确是这样：他不曾记得自己何时不开心过。他在森林边玩耍时，有只会说话的鸟飞下来问他：“你喜欢自己的生活吗？”他不知道该怎么回答，便问那只鸟：“你能不爱吗？”

一个晴朗清新的早晨，猎人和美人鱼准备去海滩。

他们把男孩和他的玩具留在他床上：他感冒了。猞猁蜷缩在他边上，看起来很慵懒；棕熊在角落里睡觉。“我来抱着你。”猎人说着，抱着美人鱼下去了。

美人鱼在白色海浪里跳进跳出，好像她是阳光用光

和影做成的一样东西。她的眼睛让你目眩，就像浪花猛冲上来突然破碎时出现的小彩虹。她看起来似是海水的一部分，就好像小鹿是森林的一部分。可以说，她围着猎人游来游去。猎人跟着这个湿滑的会吐泡泡的家伙，而她则在猎人前后游动打转，偶尔还像海豚一样跃到半空中。他们经过草甸回家时，猎人轻松地走着，美人鱼在草丛里慢慢往前移动。猎人疑惑地笑着说："游泳那么好，却生活在陆地上！"

"哦，好吧！"美人鱼说。她停了下来，猎人也停下脚步——他们坐在草丛中，闻着青草味和花香。猎人打了个哈欠，伸伸懒腰，用手背揉去眼里进的海盐，然后躺下来，懒洋洋地看向天空。

美人鱼也在望着天空，她的神情变了，最后她说："我第一天进入你家门时，我对自己说，'从世界开始到现在，没有任何一个海洋人来过我现在的地方'。"

她发出奇怪的笑声，然后，仍然望着天空，但好像没有注视任何东西。她开始讲啊讲啊，讲她以前从来没

有讲过的。

“还记得我想拿起木炭？”她说，“那些日子我——我确实把它拿到了手上，可它并没有烧伤我。我坐着，把它捧在手里。

“早晨在你身边醒来，自言自语那些新东西。那么多新的，我简直不敢相信我是醒着的，我会对自己说：‘我在做梦。’这一切持续了好久。可是有一天，我开始回想新东西时，发现没有什么新的了。第二天早上仍然没有——第三天仍然没有。我已经习惯了。

“唯一让我不习惯的是孤单。海洋民族都是一群一群的，像鱼一样，我们从不单独行动。我等待你的时候，会移到窗边，心想，要爬到下面的草甸和海滩再到海里，不知会花多长时间，我就对自己说：‘从世界开始到现在，没有任何一个海洋人来过我现在的地方。’

“‘但那只能证明他们错了，而我是对的。’我对自己说。而且我确信，只是难以相信。我去看望他们的时候，他们感到对我很抱歉，对——”

这里美人鱼皱着眉头重复了一些话，然后继续说：“那意味着，我是那个和动物生活在一起的。他们就是这样叫我的——那个和动物生活在一起的。

“海洋民族不知道宠物是什么——他们不明白为什么我想和动物生活在一起，他们指陆地动物。他们不知道你，不知道你是什么样。对他们来说，你就是一只来自陆地的巨大动物，而且很危险。

“我回去看望他们时，他们总会很确定这一回我会留下，不再离开。有时候我和他们在一起一两天后，海里一切都那么舒服，跟从前一样，我都难以确定自己是否还会回到你身边。有时你和房子，还有床和桌子，对我来说就像我做过的梦，而现在我梦醒了——要回到你身边，我必须继续睡去，做同样的梦。

“我记得曾经梦见自己住在一艘船上，我有双腿，那时我很小。我告诉母亲这个梦，她摇摇头说：‘好东西都在大海里。’

“但是对我来说不是！不是！”美人鱼激动地说，“因

为陆地很不一样。有时候大海太暴躁，有时又很平静，但海洋深处，一切都一样，生命也一样。有一次，在我和你生活好多年以后，我回去找他们，第一天、第二天，接着第三天，每天都是一样的，我心里感到好奇怪，我想要某个东西——就好像是很饿，但其实并不饿。

“然后我就明白了为什么下雨时你会觉得无聊，没事可做了。我理解，但是他们不理解。他们不知道无聊和痛苦是什么。一天就是一个海浪，第二天就有第二个——不论他们开心还是难过，都被海水冲走了。我妹妹死去后，第二天我就忘记了，而且很开心。但如果你死了，他死了，我会心碎的。

“海上刮起暴风雨时，不管有多剧烈，对海洋民族来说都不算什么——只要往下游一点儿，海下就很平静，那里一直很平静。死亡也没什么特别的，如果是别人死去。我们说‘游离它’，我们游离所有的东西。

“但陆地上不一样，暴风雨是真的。在这里，有红叶，冬天时树枝会光秃秃的。陆地上，一切都在变化，

从来不停，我在这里没有地方游泳，所以没有办法游离它或忘记它。不，陆地比海洋更好！陆地更好！”

猎人轻抚她的肩膀，认真而心怀感激地说：“我很高兴你觉得这里更好。”他发现了以前不曾知道的事：美人鱼也会哭泣。

不过草甸还是一样，不会因为美人鱼的泪水和猎人的发现而不同：它很温暖柔软，闻得到花香，绿色一直铺洒到阳光沙滩，蔓延到绿荫下的森林，猎人和美人鱼就坐在一片绿色里。在他们下方，白头绿浪一波波落在白色的海岸边——更远处，绿宝石色的海水越变越蓝，最后延伸到很远处的一个蓝色小海岛。海豹岩石上有小海豹，波浪上方的灰色小点是一只黑白相间的大鱼鹰，在等鱼出没。但没有鱼来，它就那么静静地悬着。草甸下方每一样东西都好像是为他们而存在的。远处的东西越来越小，但仍然填充着整个世界。

“我来抱着你。”猎人一边说，一边站起来，他用双臂托抱着美人鱼往回走。到门前时，他把她放了下来，

他们转过身，又一起往下看去，接着开门进屋。

“你们出去好久了！”男孩说。

“看我给你带的贝壳。”猎人说着，把贝壳掏出来。

男孩认真查看着：有两只很好，值得收藏。他把那两只和自己之前的贝壳放在一起，然后一个一个检查了一遍。接着他对美人鱼说：“你给我带的这只大贝壳还是最棒的。来自海底的这只。虽然其他的也挺好，但这只仍是最好的。”

“是的，它最红了，”美人鱼答道，“海底到处是湿的、蓝紫色的，而这里——”她对猎人微笑着——“和红叶一样红，和木炭一样红。”

男孩问：“我能起来了吗？”

“稍等一下，”美人鱼说，“我来给你讲个故事，因为我们不在的时候你很乖，一直躺在床上。”

男孩高兴地笑了——他最喜欢美人鱼讲故事了。她坐在床边，男孩靠过来。

“从前，”她开始讲了，“很久很久以前，有一个美

人鱼。"

"像你一样？"

"不，不像我，一个小美人鱼——很年轻，很小，她能游过沉船的小圆窗。还记得我带你看过的小圆窗吗，在海豹岩石那边的珊瑚礁？"

"我们拿到灯笼的地方吗？"

"是的，拿灯笼的地方。有一天晚上，还有第二天晚上，第三天晚上，大暴风雨来了。小美人鱼和她的亲人们并没有在海岸附近玩耍捕鱼或寻找东西，而是游向大海。他们能在更深处潜入海浪——下面总是很平静——或者他们在浪头上也不会被弄伤，而是被海浪冲得很高，又落回水里，就像我带你玩的那样：我把你放在大树枝上，刮风时树枝就荡向空中，又弹回来弯得很低，几乎能触到地面了。

"但最终暴风雨停了，海洋民族游回海岸。大海清新碧蓝，闪耀着光芒，天空和大海一样蓝。他们开始冲浪玩，碎浪朝下落在他们身上，溅得都是泡沫，洁白似

夜晚飘落的白雪。第二天清晨，当你在窗边向外望时，雪地上仍然没有脚印：全世界都在睡觉，除了雪。”

猞猁睡醒了，打着哈欠，伸展筋骨，先是前腿，然后是后腿。他大部分的冬季厚毛已经脱落了，所以后腿看起来比前腿长太多了，而脚掌看起来比他的个头应有的脚掌大两倍还多。他小跑到门边，喵喵叫着，猎人让他出去了。

猞猁朝草甸跑下去。猎人站在门外，好像听到了美人鱼编的故事，又好像在看——

他不知道他在看什么。他也伸了伸“前腿”，像猞猁那样：他伸出胳膊，绷紧肌肉，尽量往远处伸，直到不能再远。远处，猞猁变得很小。棕熊走出门，坐在猎人边上。

猎人听到美人鱼讲完故事了，男孩感谢她。“这是个好故事，”他温暖地说，“关于大海的故事总是最后的。大海是……是……”

“你可以起来啦，”美人鱼说，“穿衣服吧，那样才

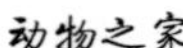

又好又保暖，我们可以和你爸爸一起坐在外面。”

他们来到门外时，男孩戴着蓝鸟羽毛帽，头和天空的颜色一样。他过去拍了拍棕熊，然后对猎人说：“猞猁在哪儿？”

“在下面。”猎人说，指着远方。在远处海滩上，小河沿岸，你可以看到猞猁在那里。男孩看到了，笑着说：“那是他找到我的地方！”

“哦，我们只是和你说过，”猎人说道，又开始了他们的老游戏，“那天你妈妈和我回来时，你在角落里睡着了。”

“没错，和他一起睡着了，”男孩说，推了推棕熊。

“哦，不，”美人鱼说，“那是好几年前，棕熊还没来呢。你一直都和我们在一起。”